JN244321

続々 呆堂漢詩集

自　序

一、平成二十一年に「呆堂　土川泰信漢詩集」を上梓し、平成二十四年に「続　呆堂　漢詩集」を作ってから、早や五年を経過しました。

その後も、折に触れ作詩したものが溜まってきたので、これを整理し子孫や知人に見ていただきたく、本書を上梓しました。

なお、引き続き、三涯　濱　久雄　先生には、ご指導を受けており、ここに、改めて感謝を表明します。

二、また、前著同様、漢字の右側に○●◎の印をつけ、それぞれ、平・仄・韻字を表わしています。批評される方の便を図ったものです。なお、近体詩については、一応その作詩規則を守っているつもりです。

平成二十九年十二月

土　川　泰　信

続々　呆堂漢詩集＊目次

自序　一頁
感事　五言絶句　〈平成二四年　八月〉　一七頁
房總大山千枚田　七言律詩　〈平成二四年　八月〉　一八頁
小笠原諸島　七言絶句　〈平成二四年　八月〉　一九頁
北京郊外展李卓吾之墓　七言絶句　〈平成二四年　九月〉　二〇頁
天津　七言律詩　〈平成二四年　九月〉　二一頁
萬里長城　五言絶句　〈平成二四年　九月〉　二二頁
黄崖關　七言絶句　〈平成二四年　九月〉　二三頁
安濟橋　七言絶句　〈平成二四年　九月〉　二四頁
石家莊　七言絶句　〈平成二四年　九月〉　二五頁

北京	七言絶句	〈平成二四年 九月〉	二六頁
雍和宮	七言絶句	〈平成二四年 九月〉	二七頁
今年月見	七言絶句	〈平成二四年 九月〉	二八頁
馬來再訪	七言絶句	〈平成二四年一一月〉	二九頁
檳城	七言絶句	〈平成二四年一一月〉	三〇頁
悼市川定三先輩	七言絶句	〈平成二五年 一月〉	三一頁
病魔	七言絶句	〈平成二五年 二月〉	三二頁
入院生活	七言絶句	〈平成二五年 二月〉	三三頁
腦梗塞入院有感	七言律詩	〈平成二五年 三月〉	三四頁
横濱港外	七言絶句	〈平成二五年 四月〉	三五頁
哭友死去	七言絶句	〈平成二五年 四月〉	三六頁
端午	七言律詩	〈平成二五年 五月〉	三七頁
青磁	七言律詩	〈平成二五年 六月〉	三八頁
日中交流	七言律詩	〈平成二五年 六月〉	三九頁

富士山　七言律詩　〈平成二五年　七月〉　四〇頁
歌舞伎座新装　七言律詩　〈平成二五年　七月〉　四一頁
元旦所懐　七言絶句　〈平成二五年　八月〉　四二頁
今年暑　七言律詩　〈平成二五年　八月〉　四三頁
墨江　七言律詩　〈平成二五年　八月〉　四四頁
痲雀　五言律詩　〈平成二五年　八月〉　四五頁
老生有感　七言律詩　〈平成二五年　八月〉　四六頁
秋氣清清　七言絶句　〈平成二五年　九月〉　四七頁
中秋名月　七言律詩　〈平成二五年　九月〉　四八頁
重陽節句　七言律詩　〈平成二五年　九月〉　四九頁
自題畫像　五言絶句　〈平成二六年　三月〉　五〇頁
未來故郷　七言絶句　〈平成二六年　三月〉　五一頁
星霜八十餘年　五言絶句　〈平成二六年　四月〉　五二頁
圖書　七言絶句　〈平成二六年　四月〉　五三頁

報本反始　七言絶句　〈平成二六年　四月〉　五四頁
新春吉夢　七言絶句　〈平成二六年　五月〉　五五頁
平成乙未新年所懐　七言絶句　〈平成二六年　七月〉　五六頁
獨坐　七言絶句　〈平成二六年一一月〉　五七頁
運慶阿彌陀像　七言律詩　〈平成二七年　二月〉　五八頁
法要　七言絶句　〈平成二七年　二月〉　五九頁
我庵在市南方　七言律詩　〈平成二七年　三月〉　六〇頁
姫路城　七言絶句　〈平成二七年　三月〉　六一頁
菅原傳授手習鑑　七言律詩　〈平成二七年　三月〉　六二頁
函嶺暴噴　七言絶句　〈平成二七年　五月〉　六三頁
江渚庵　七言律詩　〈平成二七年　五月〉　六四頁
壺坂靈驗記　七言律詩　〈平成二七年　六月〉　六五頁
酷暑所感　七言絶句　〈平成二七年　七月〉　六六頁
墨江夏景　七言絶句　〈平成二七年　七月〉　六七頁

土用丑日食鰻　七言律詩　〈平成二七年　七月〉　六八頁
集中豪雨　七言絶句　〈平成二七年　九月〉　六九頁
仲秋名月　七言絶句　〈平成二七年　九月〉　七〇頁
十五夜　七言絶句　〈平成二七年　九月〉　七一頁
秋夜　五言絶句　〈平成二七年　九月〉　七二頁
重陽　七言律詩　〈平成二七年　九月〉　七三頁
秋分所感　七言絶句　〈平成二七年　九月〉　七四頁
日光　七言律詩　〈平成二七年一〇月〉　七五頁
米壽祝賀會　七言絶句　〈平成二七年一〇月〉　七六頁
四肢爪剪截　七言絶句　〈平成二七年一〇月〉　七七頁
明治維新　七言律詩　〈平成二七年一〇月〉　七八頁
公孫樹　七言絶句　〈平成二七年一一月〉　七九頁
冬至卽事　七言律詩　〈平成二七年一二月〉　八〇頁
吾庵　七言律詩　〈平成二七年一二月〉　八一頁

四谷怪談 七言絶句 〈平成二七年一二月〉 八二頁
除夜鐘 七言絶句 〈平成二八年 一月〉 八三頁
猩猩 七言律詩 〈平成二八年 一月〉 八四頁
新春所感 七言絶句 〈平成二八年 一月〉 八五頁
屠蘇 五言絶句 〈平成二八年 一月〉 八六頁
初陽照世 七言絶句 〈平成二八年 一月〉 八七頁
節分 七言絶句 〈平成二八年 二月〉 八八頁
感茫茫 七言絶句 〈平成二八年 二月〉 八九頁
日蓮宗聲明 七言絶句 〈平成二八年 二月〉 九〇頁
春一番 七言絶句 〈平成二八年 二月〉 九一頁
巧言令色 七言絶句 〈平成二八年 二月〉 九二頁
三水會 七言絶句 〈平成二八年 二月〉 九三頁
春節 七言絶句 〈平成二八年 二月〉 九四頁
長壽觴 七言絶句 〈平成二八年 二月〉 九五頁

舊友　七言絶句　〈平成二八年　三月〉　九六頁
戰爭　七言絶句　〈平成二八年　三月〉　九七頁
憂不均　七言絶句　〈平成二八年　四月〉　九八頁
讀書　五言絶句　〈平成二八年　四月〉　九九頁
春曙　五言絶句　〈平成二八年　四月〉　一〇〇頁
花　五言絶句　〈平成二八年　四月〉　一〇一頁
花事所感　七言絶句　〈平成二八年　四月〉　一〇二頁
慈恩寺塔　七言絶句　〈平成二八年　四月〉　一〇三頁
春夜所感　七言絶句　〈平成二八年　四月〉　一〇四頁
伊勢志摩　七言絶句　〈平成二八年　五月〉　一〇五頁
躑躅　七言絶句　〈平成二八年　五月〉　一〇六頁
賀三涯先生上梓東洋易學思想論攷　七言律詩　〈平成二八年　五月〉　一〇七頁
題英國離脱歐州統合　七言絶句　〈平成二八年　六月〉　一〇八頁
紫陽花　七言絶句　〈平成二八年　六月〉　一〇九頁

丁酉元旦　七言絶句　〈平成二八年　六月〉　一一〇頁
七夕　七言律詩　〈平成二八年　七月〉　一一一頁
友人研修　七言絶句　〈平成二八年　七月〉　一一二頁
夏　七言絶句　〈平成二八年　七月〉　一一三頁
祝賀二木先生出版　七言絶句　〈平成二八年　七月〉　一一四頁
雲悠悠　七言絶句　〈平成二八年　八月〉　一一五頁
獺祭二首　其一　七言絶句　〈平成二八年　八月〉　一一六頁
　其二　七言絶句　〈平成二八年　八月〉　一一七頁
寄艦船　七言絶句　〈平成二八年　八月〉　一一八頁
高校野球　七言絶句　〈平成二八年　八月〉　一一九頁
中秋名月　七言絶句　〈平成二八年　八月〉　一二〇頁
時論推移　七言絶句　〈平成二八年　八月〉　一二一頁
虹二首　其一　七言絶句　〈平成二八年　八月〉　一二二頁
　其二　七言絶句　〈平成二八年　八月〉　一二三頁

五輪　七言絶句　〈平成二八年　八月〉　一二四頁
百日紅　七言絶句　〈平成二八年　八月〉　一二五頁
山吹花　七言律詩　〈平成二八年　八月〉　一二六頁
敗戰回顧　七言律詩　〈平成二八年　八月〉　一二七頁
想八月十五日　七言律詩　〈平成二八年　八月〉　一二八頁
颱風　七言絶句　〈平成二八年　八月〉　一二九頁
灣岸地域　七言絶句　〈平成二八年　八月〉　一三〇頁
二九年賀狀案　七言絶句　〈平成二八年　九月〉　一三一頁
吉野川　七言律詩　〈平成二八年　九月〉　一三二頁
横中三四會　七言律詩　〈平成二八年　九月〉　一三三頁
有樂町　七言絶句　〈平成二八年一一月〉　一三四頁
歳末所感　七言絶句　〈平成二八年一二月〉　一三五頁
豐洲新市場　七言絶句　〈平成二八年一二月〉　一三六頁
白帆競爭　七言絶句　〈平成二八年一二月〉　一三七頁

新年初日　七言絶句　〈平成二九年　一月〉　一三八頁
立春　七言絶句　〈平成二九年　二月〉　一三九頁
我邦文藝　七言律詩　〈平成二九年　二月〉　一四〇頁
認經傳　五言絶句　〈平成二九年　二月〉　一四一頁
樂閑居　五言絶句　〈平成二九年　二月〉　一四二頁
喪妻三十年　五言絶句　〈平成二九年　三月〉　一四三頁
春暖　五言絶句　〈平成二九年　三月〉　一四四頁
伊賀越中雙六　七言律詩　〈平成二九年　三月〉　一四五頁
灣岸獨樂　七言律詩　〈平成二九年　四月〉　一四六頁
反魂香　七言絶句　〈平成二九年　四月〉　一四七頁
檜製淨机　七言絶句　〈平成二九年　四月〉　一四八頁
草原　七言絶句　〈平成二九年　四月〉　一四九頁
日中詩句　七言律詩　〈平成二九年　五月〉　一五〇頁
上海入港　七言絶句　〈平成二九年　九月〉　一五一頁

船旅 (一)　七言絶句　〈平成二九年　九月〉　一五二頁

船旅 (二)　七言絶句　〈平成二九年　九月〉　一五三頁

偶感二首　海　五言絶句　〈平成二九年　九月〉　一五四頁

夾竹桃　五言絶句　〈平成二九年　九月〉　一五五頁

老師急變　七言絶句　〈平成二九年　九月〉　一五六頁

靈驗龜山鉾　七言律詩　〈平成二九年一〇月〉　一五七頁

御輕勘平　七言律詩　〈平成二九年一一月〉　一五八頁

続々　呆堂漢詩集

五言絶句（上平七虞韻）

感事

花○開○友●集●愉◎
花○散●友●皆○無◎
河○畔●賤●家○景●
老●殘○餘○命●枯◎

平成二四年八月

事に感ず

花開き　友集りて愉し
花散り　友皆無し
河畔　賤家の景
老残　余命枯る

房總大山千枚田

千○枚○田○別●謂●棚○田◎
荒○土●辛○酸○耕○至●天◎
一●水●護●園○圖○灌●漑●
兩●山○排○闤●望●危○巓◎
斜○陽○欲●沒●映●黃○穗●
蝴○蝶●頻○飛○回○綠●筵◎
先○祖●苦●勞○何○可●語●
兒○孫○集●得●祝●豐○年◎

平成二四年八月

房総大山千枚田　七言律詩（下平一先韻）

千枚田　別に　棚田と謂ふ
荒土辛酸　耕して天に至る
一水　園を護って　灌漑を図り
両山　闤を排して　危巓を望む
斜陽没せんと欲して　黄穂に映じ
蝴蝶　頻りに飛んで　緑筵を回る
先祖の苦労　何を語る可けんや
児孫集ひ得て　豊年を祝す

小笠原諸島

訪●得●南○洋○小●笠●原◎
自●然○遺○產●別●乾○坤◎
天○涯○孤○島●留○千○古●
珍○獸●奇○蟲○生○物●園◎

平成二四年八月

小笠原諸島　七言絶句（上平十三元韻）

訪ね得たり　南洋　小笠原
自然の遺産　別乾坤
天涯の孤島　千古を留め
珍獣奇虫　生物の園

七言絶句（下平七陽韻）

北京郊外展李卓吾之墓

北京郊外の李卓吾の墓を展る

北●京○秋○景●久●稱○揚◎
本●日●來○遊○暑●濕●強◎
李●贄●墳○塋○松○柏●涸●
房○中○自●刃●不●尋○常◎

北京の秋景　久しく称揚
本日来遊すれば　暑湿強し
李贄の墳塋　松柏涸る
房中の自刃　尋常ならず

平成二四年九月

天津

七言律詩（上平十一真韻）

古●來○要○衝●訪●天○津◎
歴●史●興○亡○起●改●新◎
梁○氏●卓●論○催○革●命●
孫○文○遺○蹟●勵●精○神◎
廣●東○鳩○館●藝●能○盛●
靜●苑●津○城○經○卷●親◎
楊○柳●青○青○街○路●賑●
平○和○殷○盛●富●人○民◎

平成二四年九月

天津

古来の要衝　天津を訪ふ
歴史の興亡　改新を起す
梁氏の卓論　革命を催し
孫文の遺蹟　精神を励ます
広東鳩館　芸能盛んに
静苑津城　経巻親しむ
楊柳青青　街路賑ひ
平和殷繁盛　人民富む

五言絶句（上平十五刪韻）

萬里長城

長○城○登○幾●度●
健●脚●率●先○攀◎
今○老●不●能○進●
只○空○待●友●還◎

平成二四年九月

万里の長城

長城　登ること幾度ぞ
健脚　率先して攀づ
今　老いて　進む能はず
只　空しく　友の還るを待つ

黃崖關　七言絶句（下平二蕭韻）

黃○崖○關○下●麥●秋○朝◎
山○壘●眼○前○頻○欲●招◎
不●到●長○城○非○好●漢●
先○人○逸●語●自●昭○昭◎

平成二四年九月

黄崖関

黄崖関下　麦秋の朝
山塁眼前　頻りに招かんと欲す
長城に到らずんば　好漢に非ず
先人の逸語　自ら昭々

安濟橋

堅○固●美●觀○安○濟●橋◎
興○隋○技●術●實●堪○驕◎
千○年○遺○產●萬●人○渡●
民○庶●交○歡○一●水●遙◎

平成二四年九月

七言絶句（下平二蕭韻）

安済橋

堅固美観　安済橋
興隋の技術　実に驕るに堪へたり
千年の遺産　万人渡る
民庶交歓して　一水遥かなり

七言絶句（下平七陽韻）

石家莊

中●華○河○北●石●家○莊◎
遺○蹟●多○數○明●媚●鄉◎
經○濟●繁●榮○殷○賑●市●
王○朝○沒●落●庶●民○強◎

平成二四年九月

石家荘

中華の河北　石家荘
遺蹟多数　明媚の郷
経済繁栄　殷賑の市
王朝没落するも　庶民強し

北京

今●日●新○涼○天○宇●蒼◎
金○風○恰○好●菊●花○香◎
王○朝○對●立●嘗○爭○覇●
革●命●中○華○意●氣●揚◎

平成二四年九月

七言絶句（下平七陽韻）

北京

今日新涼　天宇蒼し
金風恰も好し　菊花香る
王朝対立して　嘗て覇を争ふも
革命の中華　意気揚る

七言絶句（上平十一真韻）

雍和宮

雍○和○宮○內●寺●風○新◎
佛●像●數●多○高○大●身◎
唯○我●獨●尊○菩○薩●德●
回○恩○感●謝●俗●塵○人◎

平成二四年九月

雍和宮

雍和宮内　寺風新なり
仏像数多く　高大の身
唯我独尊　菩薩の徳
回恩　感謝す　俗塵の人

今年月見

去●年○今○夜●樂●琴○書◎
親○友●二●名○尋○寡●居◎
後●者●臥●床○前○者●歿●
仰○看○滿●月●死●生○虛◎

平成二四年九月

今年月見　七言絶句（上平六魚韻）

去年の今夜　琴書を楽しむ
親友二名　寡居を尋ぬ
後者は床に臥し　前者は歿す
満月を仰ぎ看れば　死生虚し

馬來再訪

●●○○●●◎
再訪長程到馬來
○○●●●○◎
曾遊友死不堪哀
○○●●●○●
院中念佛獨懷舊
○●○○○●◎
浮世無情空擧杯

平成二四年一一月

馬来再訪

七言絶句（上平十灰韻）

再訪の長程　馬来（マレイ）に到る
曽遊の友死して　哀しみに堪へず
院中　念仏して　独り懐旧す
浮世　無情　空しく杯を挙ぐ

檳城

文○明○遺○產●訪●檳○城◎
東○海●眞○珠○現●世●評◎
多○數●先○人○攜○盡●力●
觀○光○立●國●得●名○聲◎

平成二四年一一月

檳城

七言絶句（下平八庚韻）

文明の遺産　檳城（ペナン）を訪ふ
東海の真珠　現世の評
多数の先人　携へて尽力す
観光立国　名声を得たり

悼市川定三先輩

市●隱●詩○仙○擴●藝●文◎
川○流○門○弟●嘆●悽○君◎
定○居○練●馬●寮○歌○集●
三○歳●詠●吟○南○下●軍◎

平成二五年一月

市川定三先輩を悼む　七言絶句（上平十二文韻）

市隠の詩仙　芸文を拡む
川流の門弟　嘆いて君を悽む
居を定む　練馬　寮歌の集ひ
三歳の詠吟　南下軍

病魔

大●寒○清○日●御●成○門◎
唐○突●虚○心○運●病●園◎
應●急●精○査○援○我●命●
餘○生○微○力●報●衆○恩◎

平成二五年二月

病魔　　七言絶句（上平十三元韻）

大寒の清日　御成門
唐突の虚心　病の園に運ばる
応急の精査　我が命を援く
余生の微力　衆恩に報ぜん

入院生活

入●院●何○圖○肝○膽●寒◎
充○分○診●察●任●人○安◎
梅○花○爛○漫●外●遊○候●
只●管●養●生○全○萬●端◎

平成二五年二月

入院生活　　七言絶句（上平十四寒韻）

入院　何ぞ図らん　肝胆寒し
充分の診察　人に任せて安し
梅花爛漫　外遊の候
只管養生して　万端全し

脳梗塞入院有感

脳●梗●塞●痾○吾○宿●因◎
天○然○發●作●獨●吟○呻◎
最●新○醫○療●將○探○內●
漢○代●倉○公○欲●効●顰◎
身○不●地●中○何○配●管●
心○非○木●石●豈●無○嗔◎
回○生○起●死●萬●人○謝●
餘○命●幾●何○浮○世●親◎

平成二五年三月

脳梗塞にて入院し感有り 七言律詩（上平十一真韻）

脳梗塞の痾は　吾が宿因
天然の発作　独り吟呻
最新の医療　将に内を探らんとし
漢代の倉公も　顰に効はんと欲す
身は地中にあらざるに　何ぞ管を配す
心は木石に非ざれば　豈　嗔り無からん
回生起死　万人に謝す
余命幾何　浮世を親まん

横濱港外

横○濱○港●外●麗●華○船◎
美●味●正●餐○將○墮●涎◎
海●鳥●亂●舞○潮○洗●岸●
靈○峰○富●士●聳●東○天◎

平成二五年四月

横浜港外　　七言絶句（下平一先韻）

横浜港外　麗華船
美味の正餐　将に涎を堕さんとす
海鳥乱舞し　潮　岸を洗ひ
霊峰富士　東天に聳ゆ

哭友死去

凶○報●忽●來○悲○秀●靈◎
多○年○交○友●入●幽○冥◎
遲○春○告●別●落●花○夕●
萬●感●迫●胸○空○誦●經◎

平成二五年四月

友の死去を哭す　　七言絶句（下平九青韻）

凶報忽ち来て　秀霊を悲しむ
多年の交友　幽冥に入る
遅春別れを告ぐ　落花の夕べ
万感胸に迫って　空しく経を誦ふ

端午

端○午●堪○稱○男○子●遊◎
爽○風○撫●頬●白●雲○悠◎
詩○人○切●切●誇○恩○服●
兒○等●欣○欣○載●紙●兜◎
蒲○酒●艾●人○前○世●習◎
黐○飴○柏●葉●現●時○流◎
當○知○老●大●餘○生○短●
傳○統●繼●承○多○少●愁◎

平成二五年五月

端午　七言律詩（下平十一尤韻）

端午　称するに堪へたり　男子の遊
爽風　頬を撫で　白雲　悠たり
詩人切々として　恩服を誇り
児等欣々として　紙兜を載く
蒲酒艾人　前世の習
黐飴柏葉　現時の流
当に知る老大　余生短し
伝統の継承　多少の愁

青磁

淡●蒼○凌○海●勝●秋○天◎
禹●域●青○磁○窮○美●姸◎
往●昔●高○麗○模○越●器●
近●年○鍋○島●擬●龍○泉◎
紫●薇○瓶○裏●陶○瓷○巧●
梅○葉●壺○中○祕●色●娟◎
東○亞●各●州○爭○作●例●
造●形○光○彩●自●悠○然◎

平成二五年六月

青磁　　七言律詩（下平一先韻）

淡蒼　海を凌ぎ　秋天に勝る
禹域の青磁　美姸を窮む
往昔の高麗　越器を模し
近年の鍋島　龍泉を擬す
紫薇　瓶裏　陶瓷の巧
梅葉　壺中　秘色の娟
東亜の各州　作例を争ひ
造形光彩　自ら　悠然

○紫薇……「青瓷の瓶に挿す　紫薇の花」（宋の楊万里「道旁店」）

日中交流

七言律詩（上平十五刪韻）

一●衣○通○水●日●中○間◎
文○化●交○流○不●問●關◎
阿○倍●入●唐○稱○望●月●
鑑○眞○來○訪●夢●家○山◎
佛●敎○傳○播●庶●民○域●
儒●學●融○和○朱○子●顏◎
尖○閣●堪○憂○紛○爭●核●
回○頭○往●昔●是●仙○寰◎

日中交流

一衣通水　日中の間
文化交流　関を問はず
阿倍入唐して　望月を称へ
鑑真来訪して　家山を夢みる
仏教伝播す　庶民の域
儒学融和す　朱子の顔
尖閣　憂ふるに堪へたり　紛争の核
往昔に頭を回せば　是れ仙寰

平成二五年六月

富士山

八●朶●芙○蓉○秀●麗●山◎
平○和○表●象●我●邦○關◎
東○臨○富●士●五●湖○水●
南○接●松○原○三○保●灣◎
萬●葉●巧●吟○銀○雪●頂●
北●齋○描○得●夕●暉○顏◎
古●來○噴○火●齎○災○害●
警●備●充○分○不●恐●艱◎

平成二五年七月

富士山　七言律詩（上平十五刪韻）

八朶の芙蓉　秀麗の山
平和の表象　我が邦の関
東は臨む富士　五湖の水
南は接す松原　三保の湾
万葉　巧みに吟ず　銀雪の頂
北斎　描き得たり　夕暉の顔
古来噴火は　災害を齎らすも
警備充分なれば　艱を恐れず

○万葉……万葉集　山部赤人「田子の浦ゆ　うち出でてみれば　真白にぞ
富士の高嶺に　雪は降りける」　○北斎……葛飾北斎「凱風快晴」（赤富士）

歌舞伎座新装

七言律詩（下平八庚韻）

歌○舞○伎●座●改●装○成◎
四●谷●怪●談○欣○賀●行◎
南○北●原○書○重○複●構●
市●川○神○技●美●形○評◎
往●時○遊○客●坐●筵○眺●
現●代●蒸○民○凭○几●清◎
傳○統●藝●林○吾○國●習●
後●援○相○集●酒●杯○傾◎

平成二五年七月

歌舞伎座新装

歌舞伎座　改装成る
四谷怪談　欣賀の行
南北の原書　重複の構
市川の神技　美形の評
往時の遊客　筵に坐して眺め
現代の蒸民　几に凭りて清し
伝統の芸林　吾国の習
後援相集ひ　酒杯を傾く

元旦所懐

平○成○甲●午●旭●光○昇◎
戴●雪●靈○峰○舞○野●鷹◎
八●十●七●齡○開○壽●域●
達●觀○從○子●自●清○澄◎

平成二五年八月

元旦所懐

平成甲午　旭光昇る
雪を戴く霊峰　野鷹舞ふ
八十七齢　寿域を開く
達観　子に従ひて自ら清澄

七言絶句（下平十蒸韻）

今年暑

氣●象●異●常○心○不●安◎
五●風○十●雨●可●銘○肝◎
任○昉○詠●得●熱●行○曲●
杜●甫●頻○吟○夏●日●歎◎
貞○白●雲○居○巖○雪●冷●
荊○軻○易●水●別●魂○寒◎
春○秋○溫○暖●人○齊○望●
總●任●天○工○意●自●寛◎

平成二五年八月

今年の暑さ　七言律詩（上平十四寒韻）

気象の異常　心　安からず
五風十雨　肝に銘ずべし
任昉　詠じ得たり　熱行の曲
杜甫　頻りに吟ず　夏日の歎
貞白の雲居　巌雪冷やかに
荊軻　易水　別魂寒し
春秋の温暖　人斉しく望む
総べて天工に任せば　意　自ら寛なり

○貞白……雲居長老「松敧半巌雪　竹覆一渓氷」
○荊軻……渡易水歌「風蕭蕭兮易水寒　壮士一去兮不復還」

墨江

墨●江○濡○野●海●洋○流◎
兩●岸●風○光○正●最●優◎
春○曉●櫻○花○煌○岸●畔●
秋○宵○紅○葉●散●方○舟◎
往●年○詩○客●問●飛○鳥●
後●世●舞○能○陳○母●憂◎
陋●屋●堪○欣○臨○水●建●
慈○河○嗜●酒●恣●閑○遊◎

平成二五年八月

墨江　**七言律詩**（下平十一尤韻）

墨江　野を濡し　海洋に流る
両岸の風光　正に最も優なり
春暁の桜花　岸畔に煌めき
秋宵の紅葉　方舟に散ず
往年の詩客　飛鳥に問ひ
後世の舞能　母憂を陳ぶ
陋屋欣ぶに堪へたり　水に臨んで建ち
河を慈み（いつくしみ）酒を嗜み　閑遊を恣にす

○往年詩客……在原業平「名にし負はばいざ言問はん都鳥　わが思ふ人はありやなしやと」　○後世舞能……能楽　隅田川　梅若丸の母の狂女

麻雀

五言律詩（下平十一尤韻）

麻○雀●崇○高○樂●
友●人○相○集●遊◎
東○船○拏○賽●始●
西○舫●棄●牌○收◎
南○去●無○謀○劣●
北●來○心○外●優◎
始●終○圍○卓●競●
一●見●富●春○秋◎

平成二五年八月

麻雀

麻雀は　崇高の楽
友人　相集ひて遊ぶ
東船　賽を拏りて始め
西舫　牌を棄てて収む
南去　無謀にして劣り
北来　心外に優なり
始終　卓を囲みて競ふ
一見　春秋に富む

○西舫……「東船西舫悄無言　惟見江心秋月白」（白居易「琵琶行」）
○南去……「南去北来　人織るがごとし」（頼山陽「送母路上短歌」）

老生有感

辭○職●籠●家○迎○二●年◎
獨●居○無○客●似●飛○仙◎
旦●朝○依○几●繙○經○籍●
晩●夕●傾○杯○樂●賦●篇◎
市●隱●水●清○知○酒●好●
先○賢○川○濁●覺●民○憐◎
老●軀○衰○弱●欲●離○俗●
累●代●祖●先○靈○位●前◎

平成二五年八月

老生感有り　　七言律詩（下平一先韻）

職を辞し家に籠りて　二年を迎ふ
独居　客無く　飛仙に似たり
旦朝　几に依り　経籍を繙き
晩夕　杯を傾けて　賦篇を楽しむ
市隠　水清くして　酒の好きを知り
先賢　川濁りて　民の憐れなるを覚る
老躯　衰弱　俗を離れんと欲す
累代の祖先　霊位の前

七言絶句（下平一先韻）

秋氣清清

明○月●煌○煌○在●上●天◎
微○風○浙●浙●撫●吾○肩◎
蟲○聲○細●細●響●周○緣●
秋○氣●清○清○滿●近●邊◎

平成二五年九月

秋気清々

明月　煌々　上天に在り
微風　浙々　吾肩を撫す
虫声　細々　周縁に響く
秋気　清々　近辺に満つ

七言律詩（下平二蕭韻）

中秋名月

今○夜●中○秋○名○月●夭◎
映●陰○池○畔●眺●通○宵◎
昔●年○傳○說●兎●居○住●
近●日●發●明○人○距●跳◎
鄰○國●遺●風○供○餡●餅●
吾○邦○習●俗●飾●芒○標◎
蒸○民○各●處●賞●佳○景●
懷○古●往●時○詩○酒●寮◎

平成二五年九月

中秋名月

今夜中秋　名月夭（わか）し
陰を映ずる池畔　眺めて通宵
昔年の伝説　兎　居住し
近日の発明　人　距跳す
隣国の遺風　餡餅を供へ
吾邦の習俗　芒標を飾る
蒸民各処　佳景を賞づ
懐古す往時　詩酒の寮

重陽節句

夏●炎○消○去●迓●重○陽◎
茅○屋●登○高○望●遠●洋◎
秋○氣●蕭○蕭○經○畔●路●
清○流○滾●滾●帶●波○浪◎
多○年○榮○達●常○彰○世●
近●古●宿●痾○孤○滯●莊◎
勞○苦●甚●怨○霜○白●鬢●
停○杯○頻○娯●一●觴○香◎

平成二五年九月

重陽の節句　**七言律詩**（下平七陽韻）

夏炎　消え去って　重陽を迓（むか）ふ
茅屋　高きに登って　遠洋を望む
秋気蕭々として　畔路を経
清流滾々として　波浪を帯ぶ
多年栄達　常に世に彰れ
近古宿痾　孤り荘に滞る
労苦甚だ怨む　霜白の鬢
杯を停め頻りに娯む　一觴の香

○杜甫の「登高」を模す

五言絶句（上平十五刪韻）

自題畫像

濯●髮●不●庸○液●
髭○鬚○任●暢●鬢◎
風○姿○如○隱●者●
拙●老●白●頭○顏◎

平成二六年三月

自ら画像に題す

髪を濯ぐに　液を庸ひず
髭鬚　暢びるに任せて　蛮なり
風姿　隠者の如し
拙老　白頭の顔

未來故鄉

○○●●●○◎
天災海嘯受難強

●●●○○●◎
假設住家風雪荒

○●○○○●●
何必連綿墳墓地

○○●●●○◎
高層鐵壁未來鄉

平成二六年三月

七言絶句（下平七陽韻）

未来の故郷

天災　海嘯　受難強し

仮設の住家　風雪荒し

何ぞ必ず　墳墓の地に　連綿たるや

高層　鉄壁は　未来の郷

五言絶句（下平七陽韻）

星霜八十餘年

八●十●餘○年○月●
終○無○何○顯●彰◎
人○生○深○遠●旅●
殘○日●味●仙○鄕◎

星霜八十余年

八十余　年月
終に　何の顕彰も無し
人生は　深遠の旅
残日　仙郷を味はん

平成二六年四月

圖書

古●今○書○籍●滿●倉○籠◎
世●界●象●形○存○卷●中◎
老○境●得●閑○希○讀●本●
智●身○邊○有●興●無○窮◎

平成二六年四月

図書　　七言絶句（上平一東韻）

古今の書籍　倉籠に満つ
世界の象形　巻中に存す
老境　閑を得　本を読まんと希む
智は身辺に有り　興　窮まり無し

報本反始

●●○○●●◎
報本經書反始應
●○○●●○◎
記恩丘上固盟朋
○○●●○○●
星霜七十今宵集
○●●○○●◎
銀髪舊懷羞不能

平成二十六年四月

報本反始

報本は経書　反始と応ず
記恩が丘上　朋と盟ふこと固し
星霜　七十　今宵　集ふ
銀髪　旧懐　能はざるを羞づ

七言絶句（下平十蒸韻）

新春吉夢

世●界●名○峰○不●二●山◎
新○春○堪○賀●野●鷹○還◎
更●欣○茄○子●加○嘉○瑞●
吉●夢●願●諧○天○地●間◎

平成二六年五月

新春吉夢　七言絶句（上平十五刪韻）

世界の名峰　不二の山
新春　賀するに堪へたり　野鷹　還る
更に欣ぶ　茄子　嘉瑞に加はり
吉夢　願ひは諧（かな）ふ　天地の間

平成乙未新年所懐

緑●竹●青○松○掩●我●門◎
平○成○乙●未●迓●三○元◎
人○生○累●歳●親○朋○逝●
憲●法●變●遷○誰○與●論◎

平成二六年七月

平成乙未新年所懐　**七言絶句**（上平十三元韻）

緑竹青松　我が門を掩ふ
平成乙未　三元を迓(むか)ふ
人生　歳を累ね　親朋逝く
憲法の変遷　誰か与(とも)に論ぜん

獨坐

深○夜●燈○前○獨●坐●庵◎
哀○思○寂●寂●不●當○堪◎
欷○歔○淚●有●任●能○落●
天○外●雲○存○招○我●男◎

平成二六年一一月

独坐　　七言絶句（下平十三覃韻）

深夜　燈前　独り庵に坐す
哀思　寂々　当に堪ゆべからず
欷歔（ききょ）　涙　有り　能く落つるに任す
天外　雲　存り　我男を招く

○独坐……「夜ふけて燈前独り坐す／哀思悠々堪ゆべからず／眼底涙あり落つるにまかす／天外雲ありわれを招く」（国木田独歩）

七言律詩（上平一東韻）

運慶阿彌陀像

○三●浦○葦○名●大●御◎堂
○阿○彌○陀●佛●院○中◎充
●北○條○尼●將○催○興●起
●運●慶○名○工●飾●有◎終
○豪○強●磊●落○如○來●像
●寫●實○精○華●侍●侶◎瞳
●寺●內○森○閑○無●弁●口
○松○濤●颯●颯●感○衰◎翁

平成二七年二月

運慶阿弥陀像

三浦　葦名　大御堂
阿弥陀仏　院中に充つ
北條尼将　興起を催し
運慶名工　有終を飾る
豪強磊落　如来の像
写実精華　侍侶の瞳
寺内　森閑として　弁口無く
松涛　颯々として　衰翁を感ず

法要

櫻○花○爛○漫●相●州○春◎
累●代●墳○塋○卒●塔●新◎
縁○者●共●催○營○法●要●
祖●先○崇○敬●我●邦○倫◎

平成二七年二月

七言絶句（上平十一真韻）

法要

桜花爛漫　相州の春
累代の墳塋　卒塔　新らし
縁者　共催して　法要を営む
祖先崇敬　我邦の倫

余庵在市南方

余○庵○位●置●市●南○方◎
建●築●高○層○災○害●強◎
朝○日●暉○暉○登○上●總●
昏○陽○燦●燦●沒●周○岡◎
揚○頭○富●嶽●本●邦○美●
下●項●墨●堤○江○戸●香◎
期○待●五●輪○援○助●進●
四●鄰○伸○展●夢●茫○茫◎

平成二七年三月

余が庵は市の南方に在り　七言律詩（下平七陽韻）

余が庵は　市の南方に位置す
建築　高層にして　災害に強し
朝日　暉々として　上総に登り
昏陽　燦々として　周岡に没す
頭を揚げれば　富嶽　本邦の美
項を下げれば　墨堤　江戸の香
期待の五輪　援助　進み
四隣の伸展　夢　茫々

姫路城

世●界●遺○財○姫○路●城◎
平○成○修○理●及●梁○甍◎
五●重○天○守●連○層○美●
眞○箇●應○稱○白●鷺●名◎

平成二七年三月

姫路城　　　　七言絶句（下平八庚韻）

世界の遺財　姫路城
平成の修理　梁甍に及ぶ
五重の天守　連層の美
真箇　応に称すべし　白鷺の名

菅原傳授手習鑑

郷○國●梨○園○最●上●番◎
菅○原○博●士●學●文○源◎
鴨●川○堤○下●譚○端○緒●
筆●法●授●傳○公○始●元◎
兄○弟●悲○哀○車○引●段●
夫○妻○愁○歎●寺●家○軒◎
編○成○演●出●悉●華○麗●
丞○相●菅○仁○左●衛●門◎

平成二七年三月

菅原伝授手習鑑　七言律詩（上平十三元韻）

郷国の梨園　最上番
菅原博士　文を学ぶ源
鴨川堤下　譚の端緒
筆法授伝　公の始元
兄弟の悲哀は　車引の段
夫妻の愁歎は　寺家の軒
編成　演出　悉く華麗
丞相　菅　仁左衛門

○菅原伝授手習鑑……歌舞伎の名作　○仁左衛門……役者で菅丞相の当たり役　○加茂堤・筆法授伝・車引・寺子屋……芝居の幕名

函嶺暴噴

新○緑●滿●杯○函○嶺●春◎
溫○泉○滑●澤●黑●卵○珍◎
陰○然○大●涌●暴●噴○起●
神○祕●山○祇○惱●殺●人◎

平成二十七年五月

七言絶句（上平十一真韻）

函嶺暴噴

新緑　満杯　函嶺の春
温泉　滑沢　黒卵珍なり
陰然　大涌　暴噴起る
神秘なる山祇　人を悩殺す

江渚庵

○長○江●一●曲●向○灣◎流
○眞●夏●地○團○兒●女◎遊
●昔●日○悠○悠○宮●古●鳥
○當○今●颯●颯●水○邊◎鷗
●亡○妻○成●佛●護○身●後
●長●子○精○勤●努●自◎修
●老●大●所○須○餘●生●樂
●讀○書○詩●作●外○何◎求

平成二七年五月

七言律詩（上平十三元韻）

江渚の庵

長江　一曲　湾に向ひ流る
真夏の地団　児女　遊ぶ
昔日　悠々　宮古鳥
当今　颯々　水辺の鴎
亡妻　成仏し　身後を護り
長子　精勤し　自修に努む
老大　須つ所は　余生の楽
読書　詩作　外に何をか求めん

○杜甫の「江村」の模作

壺坂靈驗記

入●梅○陰○鬱●舊●都○堤◎
澤●市●全○盲○伴●令●閨◎
妻○慰●勞●郎○參○歳●妹●
夫○思○慕●女●歴●年○迷◎
疑○心○決●死●古●堂○裏●
絶●望●投○身○千○仞●溪◎
奇○跡●出●來○明○兩●眼●
觀●音○菩○薩●惠●慈○齎◎

平成二七年六月

壺坂霊験記

七言律詩（上平八斉韻）

入梅　陰鬱　旧都の堤
沢市　全盲　令閨を伴ふ
妻は郎を慰労す　参歳の妹
夫は女を思慕す　歴年の迷
疑心　死を決す　古堂の裏
絶望　身を投ず　千仞の渓
奇跡　出来　両眼明かなり
観音菩薩　恵慈を齎らす

酷暑所感

炎●天○豪○雨●異●常○年◎
憲●法●問●題○關○主●權◎
奈●我●何○齢○重○脳●老●
靜●觀○孫○等●任●諸○賢◎

平成二七年七月

七言絶句（下平一先韻）

酷暑所感

炎天　豪雨　異常の年
憲法問題　主権に関す
我をいかんせん　齢重ね脳老ゆ
孫等を静観し　諸賢に任す

墨江夏景

夏●夕●墨●江○觀○覽●船◎
提○燈○燭●火●飾●雙○舷◎
宴●遊○歌○樂●吾○邦○供●
花○火●滿●開○情○更●傳◎

平成二七年七月

七言絶句（下平一先韻）

墨江夏景

夏夕　墨江　観覧船
提灯　燭火　双舷を飾る
宴遊　歌楽　吾が邦の供
花火　満開　情　更に伝ふ

土用丑日食鰻

●土●用○艮○宵●食●炙◎鰻
○吾○邦●獨●特●舊○來◎餐
○全○天●暑●魃○強○侵●肺
○邊●地○涼○風○優●沁◎肝
●馥●馥●旨○甘○身●滿●溢
○薫○薫○香●氣●自○嗟◎嘆
○傳○聞●世●界○鰻○枯●渇
●愛●護○資○源●美●習◎殘

平成二七年七月

土用丑の日　鰻を食す　七言律詩（下平九青韻）

土用　良宵　炙鰻を食す
吾邦　独特　旧来の餐
全天の暑魃　強く　肺を侵し
辺地の涼風　優しく　肝に沁みる
馥馥たる　旨甘　身づから　満溢
薫薫たる　香気　自づから　嗟嘆
伝へ聞く　世界の鰻　枯渇すと
資源を愛護し　美習を残さん

集中豪雨

集●中○豪○雨●襲●關○東◎
住●宅●沈○湖○道●不●通◎
民○衆●執●心○忘○禍●害●
何○須○治●水●最●高○功◎

平成二七年九月

集中豪雨　　七言絶句（上平一東韻）

集中豪雨　関東を襲ふ
住宅　湖に沈み　道　通ぜず
民衆の執心　禍害を忘る
何ぞ須ひん　治水は最高の功なるを

仲秋名月

仲●秋○名○月●輝●南○天◎
桂●馥●風○涼○夜●肅●然◎
想●起●故●鄉○村○落●景●
雙○親○既●歿●幾●旬○年◎

平成二七年九月

仲秋名月

七言絶句（下平一先韻）

仲秋の名月　南天に輝く
桂　馥り　風　涼しく　夜　粛然たり
想ひ起す　故郷の村落の景
双親　既に歿し　幾旬年

十五夜

供○芒○食●餅●我●邦○風◎
十●五●夜●園○愉○幼●童◎
名○月●群○雲○今○日●例●
圓○光○遮○絶●夢●難○通◎

平成二七年九月

十五夜

七言絶句（上平一東韻）

芒を供へ　餅を食す　我邦の風
十五夜の園は　幼童を愉します
名月に群雲　今日の例
円光　遮絶し　夢　通じ難し

五言絶句（下平十一尤韻）

秋夜

明○月●煌○煌○夜●
涼○天○寂●寂●秋◎
廻○池○終○夜●歩●
想●起●古●都○遊◎

平成二七年九月

秋夜

明月　煌々の夜
涼天　寂々の秋
池を廻りて　終夜　歩む
想起す　古都の遊

重陽

迎○得●重●陽○灣○岸●樓◎
兒○孫○雅●宴●似●攘○憂◎
斜○陽○西○沒●芙○蓉○景●
新○月●東○臨○房○總●州◎
三○徑●殘○花○開○岸●畔●
數●行○歸○鳥●急●塒○丘◎
年○來○甚●憾●英○知○働●
菊●酒●一●杯○心○自●休◎

平成二七年九月

重陽　七言律詩（下平十一尤韻）

重陽を迎へ得たり　湾岸の楼
児孫の雅宴　憂を攘ふに似たり
斜陽　西に没す　芙蓉の景
新月　東に臨む　房総の州
三径の残花　岸畔に開き
数行の帰鳥　塒丘に急ぐ
年来　甚だ憾む　英知の働き
菊酒　一杯　心　自ら　休まる

秋分所感

本●日●秋○分○晝●夜●均◎
爽○風○撫●頬●落●花○頻◎
近●時○親○友●無○間○逝●
濁●酒●三○杯○哭●故●人◎

平成二七年九月

秋分所感

七言絶句（上平十一真韻）

本日　秋分　昼夜均し
爽風　頬を撫で　落花頻りなり
近時　親友　間無くして逝く
濁酒　三杯　故人を哭す

日光

秋○影●佳○期○遊○日●光◎
全○山○紅○葉●映●高○堂◎
輪○王○寺●內●勵●修○理●
東○照●宮○傍○勤○化●粧◎
巨●擘●獻●身○窮○藝●美●
名○工○揮○腕●刻●猫○良◎
長○年○幕●府●繁○華○社●
觀●客●滿●盈○清○酒●香◎

平成二七年一〇月

日光

七言律詩（下平七陽韻）

秋影　佳期　日光に遊ぶ
全山　紅葉　高堂に映ず
輪王寺内　修理に励み
東照宮傍　化粧に勤む
巨擘　献身　芸を窮めて美しく
名工　揮腕　猫を刻して良し
長年　幕府　繁華の社
観客　満盈　清酒香る

七言絶句（下平八庚韻）

米壽祝賀會
中○學●同○窗○四●十●名◎
今○宵○集●合●酒●杯○傾◎
全○員○奮●勵●戰●爭○後●
宿●志●青○雲○米●壽●榮◎

平成二七年一〇月

米寿祝賀会
中学　同窓　四十名
今宵　集合　酒杯傾く
全員　奮励　戦争の後
青雲を宿志す　米寿の栄

四肢爪剪截

冬○至●風○荒○日●午●天◎
老●齡○寒○應●體●頽○然◎
教○人○剪●截●四●肢○爪●
心○氣●晴○明○詩○一●篇◎

平成二七年一〇月

四肢の爪剪截す

七言絶句（下平一先韻）

冬至　風荒る　日午の天
老齢　寒に応じ　体　頽然たり
人をして剪截せしむ　四肢の爪
心気　晴明　詩一篇

明治維新

明○治●維○新○日●本●猷◎
公○論○出●現●薩●長○謀◎
攘○夷○倒●幕●一●時○便●
開○國●盟○邦○永●遠●求◎
統●帥●専○權○軍○部●企●
兵○官○獨●善●賣●鄉○憂◎
鬪○爭○惹●起●神○州○敗●
歴●史●浮○沈○感●白●頭◎

平成二七年一〇月

七言律詩（下平十一尤韻）

明治維新

明治維新は　日本の猷
公論出現す　薩長の謀
攘夷倒幕は　一時の便
開国盟邦は　永遠の求め
統帥専権は　軍部の企て
兵官独善は　売郷の憂ひ
闘争惹起　神州　敗る
歴史の浮沈　白頭に感ず

公孫樹

秋○色●隆○昌○銀○杏●黄◎
邸●前○街○路●與●紅○煌◎
深○山○景●觀●無○人○賞●
身○近●風○情○殘○月●光◎

平成二七年一一月

公孫樹　　七言絶句（下平七陽韻）

秋色　隆昌　銀杏の黄
邸前の街路　紅より煌たり
深山の景観　人　無くして賞め
身近の風情　残月　光る

冬至即事

今○宵○冬○至●朔●風○涼◎
滿●月●玲○瓏○枯○淡●光◎
窗○外●早●梅○漂○小●徑●
軒○頭○流○水●響●街○坊◎
身○邊○雜●事●日●常○累●
天○下●彝○倫○經○世●綱◎
欲●暮●窮○陰○多○所●思●
老●翁○心○弱●意●軒○昂◎

平成二七年一二月

冬至即事　　七言律詩（下平七陽韻）

今宵　冬至　朔風　涼し
満月　玲瓏　枯淡の光
窓外の早梅　小径に　漂ひ
軒頭の流水　街坊に響く
身辺の雑事　日常の累
天下の彝倫　経世の綱
暮れんと欲する　窮陰　所思　多く
老翁　心　弱きも　意　軒昂たり

吾庵

七言律詩（下平一先韻）

長○江○十●里●舊●懷○川◎
兩●岸●櫻○花○競●美●妍◎
東○接●外●洋○連○異●國●
西○望○富●嶽●味●幽○玄◎
過○年○戰●亂●齎○荒○廢●
今○日●平○和○富●保●全◎
善●矣●吾○庵○臨○水●際●
詩○歌○三●昧●不●知○年◎

平成二七年一二月

吾庵

長江　十里　旧懐の川
両岸の桜花　美妍を競ふ
東は　外洋に接して　異国に連り
西は　富岳を望んで　幽玄を味はふ
過年の　戦乱　荒廃を齎らし
今日の　平和　保全に富む
善きかな　吾が庵　水際に臨み
詩歌　三昧　年を知らず

四谷怪談

●●●○○●◎
四谷怪談邦劇雄
○○●●●○◎
因縁應報各編充
●○○●●○●
藝人名技入神美
●●○○●●◎
觀客虚心一夢中

平成二七年一二月

四谷怪談

四谷怪談　邦劇の雄
因縁　応報　各編に充つ
芸人の名技　入神の美
観客　虚心　一夢の中

七言絶句（上平一東韻）

除夜鐘

●●●○○●◎
百八響音除夜鐘

○○●●●○◎
低音渉世歳寒冬

○○●●○○●
新春既近何心意

●●●○○●◎
體位老衰身更慵

平成二七年一二月

七言絶句（上平二冬韻）

除夜の鐘

百八の響音　除夜の鐘

低音　世を渉る　歳寒の冬

新春　既に近し　何の心意ぞ

体位　老衰　身　更に慵し

猩猩

新○春○舞○踊●看●猩○猩◎
演●者●奮●鬪○嬉○盛●名◎
青○碧●磁○壺○靈○酒●滿●
眞○緋○衣○服●綵●虹○呈◎
長○江○傳○說●樂●懷○古●
墨●水●古●譚○歡○擧●觥◎
不●變●慣●行○年○始●習●
一●陽○來○復●仰●光○明◎

平成二八年一月

猩々　七言律詩（下平八庚韻）

新春の舞踊　猩々を看る
演者　奮闘して　盛名　嬉し
青碧の磁壺　霊酒　満ち
真緋の衣服　綵虹　呈す
長江の伝説　楽しんで　古を懐ひ
墨水の古譚　歓んで　觥を挙ぐ
不変の慣行　年始の習ひ
一陽来復　光明を仰ぐ

新春所感

人○生○活●八●十●餘○年◎
終○不●殘○名○獨●悵●然◎
幸●有●兒○孫○能○健●在●
敬●天○經○世●記●遺○篇◎

平成二八年一月

新春所感

七言絶句（下平一先韻）

人生　活きて　八十余年
終に名を残さず　独り悵然
幸に児孫有り　能く健在
敬天経世　遺篇に記す

五言絶句（上平七虞韻）

屠蘇

新○年○無○取●歳●
又●不●飲●屠○蘇◎
萬●事●今○風○行●
老○人○心○歎●孤◎

平成二八年一月

屠蘇

新年　歳を取ること無し
又　屠蘇を飲まず
万事　今風の行ひ
老人の心　孤を歎く

初陽照世

正○月●晴○天○富●嶽●鮮◎
初○陽○照●世●悉●遊○仙◎
傳○聞○北●國●雪●華○暴●
何○萬●民○均○祝●越●年◎

平成二八年一月

初陽世を照す　　　七言絶句（下平一先韻）

正月　晴天　富岳　鮮かなり
初陽　世を照らし　悉く仙に遊ぶ
伝へ聞く　北国　雪華　暴る
何ぞ万民　均しく　越年を祝はんや

節分

●●●○○●◎
本日節分迎漸春
●○○●●○◎
却寒迎暖萬叢伸
○○●●○○●
傳聞海外紛爭盛
●●○○●●◎
世界平和盡在民

平成二八年二月

節分　七言絶句（上平十一真韻）

本日　節分　漸く春を迎ふ
寒を却け暖を迎へ　万叢　伸ぶ
伝へ聞く　海外　紛争　盛んなり
世界の平和　尽く民に在り

感茫茫

讀●書○百●遍●意●愈○通◎
自●幼●雙○親○教●小●童◎
翻○想●當○年○誰○解●得●
回○頭○往●事●正●茫○茫◎

平成二八年二月

感茫々　　七言絶句（上平一東韻）

読書百遍　意　愈々　通ず
幼自り　双親　小童に教ふ
翻って想ふ　当年　誰か解し得ん
頭を回せば　往事　正に　茫々

日蓮宗聲明

窮○冬○二●月●聞●聲○明◎
高○潔●莊●嚴○音○律●轟◎
宗○祖●日●蓮○安○國●貴●
女●男○混●韻●法●華○情◎

平成二八年二月

七言絶句（下平八庚韻）

日蓮宗声明

窮冬　二月　声明を聞く
高潔　荘厳　音律　轟く
宗祖　日蓮　安国を貴ぶ
女男の混韻　法華の情

春一番

暖●氣●強●風○春○一●番◎
天○災○浸●水●受●難○痕◎
吾○邦○政●治●越●年○惡●
陶○醉●香○花○何○失●魂◎

平成二八年二月

春一番　　七言絶句（上平十三元韻）

暖気　強風　春一番
天災　浸水　受難の痕
吾が邦の政治　年を越して悪し
香花に陶酔し　何ぞ魂を失はん

巧言令色

令●色●工○言○解●矣●仁◎
先○人○教●訓●至●今○眞◎
若●曹○多○數●知○之○否●
有●暗●恨●生○安○逸●身◎

平成二八年二月

七言絶句（上平十一真韻）

巧言令色

令色　工言　解なし　仁
先人の教訓　今に至るも　真なり
若曹　多数　之を知るや否や
暗恨の生ずる有り　安逸の身

三水會

三○水●會●開○央○百●回◎
住●民○蒐○合●累●流○杯◎
蘭○亭○故●事●現●今○活●
談○論●薰○風○又●快●哉◎

平成二八年二月

三水会　七言絶句（上平十灰韻）

三水会　開くこと　百回に央(なか)ばす
住民　蒐合　流杯を累ぬ
蘭亭の故事　現今に活く
談論　薫風　又快なる哉(かな)

春節

七言絶句（上平一東韻）

○春●節●賀○正○中●國◎風
○轟○音●爆●竹●市○間◎充
●萬○民○徒●買○驚○吾●屬
●躍●進○鄰○邦●意●氣◎雄

平成二八年二月

春節

春節　賀正　中国の風
轟音　爆竹　市間に充つ
万民　徒買　吾が属を驚かす
躍進の隣邦　意気　雄なり

長壽觴

遠●望●高○山○載●雪●涼◎
親○觀○海●面●素●波○光◎
仰●空○銀○翼●結●人○類●
萬●事●平○安○長○壽●觴◎

平成二八年二月

長寿の觴　　七言絶句（下平七陽韻）

遠く高山を望めば　雪を載せて涼し
親(ちか)く海面を観れば　素波　光る
空を仰げば　銀翼　人類を結ぶ
万事　平安　長寿の觴

舊友

●●○○●●◎
六老同窗集酒旗
○○○●●○◎
談論風發及當時
○○●●○○●
青年意氣超今壯
○●○○●●◎
朋遠方來不亦嬉

平成二八年三月

旧友

六老の同窓　酒旗に集ふ
談論　風発　当時に及ぶ
青年の意気　今を超えて壮んなり
朋　遠方より来たる　亦　嬉しからずや

七言絶句（上平四支韻）

戰爭

讀●書○初○識●戰●爭○風◎
掠●奪●暴●行○殘○虐●窮◎
現●世●實●情○如○昔●險●
人○權○擁○護●大●要○功◎

平成二八年三月

戦争　　七言絶句（上平一東韻）

書を読みて初めて識る　戦争の風
掠奪　暴行　残虐の窮み
現世の実情　昔の如く険し
人権の擁護　大要の功

憂不均

經○濟●消○沈○大●衆●辛◎
富●貧○差○異●日●追○伸◎
孔●丘○遺○訓●君○知○否●
不●患●寡●而○憂○不●均◎

平成二八年四月

均しからざるを憂ふ　七言絶句（上平十一真韻）

経済　消沈　大衆　辛し
富貧の差異　日を追って伸ぶ
孔丘の遺訓　君　知るや否や
寡きを患へずして　均しからざるを憂ふ

讀書

五言絶句（上平十四寒韻）

讀●書○歡○不●盡●
博●識●內●藏○完◎
宇●宙●神○奇○多●
老●身○思○萬●端◎

平成二八年四月

読書

読書　歓び　尽きず
博識　内に蔵して　完し
宇宙　神奇　多し
老身　思ひ　万端

五言絶句（上平十一真韻）

春曙

朧○月●濛○濛○夜●
明○天○沸●沸●春◎
熟●眠○何○覺●曉●
夢●醒●曙●光○新◎

平成二八年四月

春曙

朧月　濛々の夜
明天　沸々の春
熟眠　何ぞ　暁を覚えん
夢　醒むれば　曙光　新なり

花

五言絶句（下平一先韻）

春○麗●墨●田○川◎
船○頻○來○往●連◎
櫂●涓○花○與●散●
絶●景●譬●無○緣◎

平成二八年四月

花

春麗なり　墨田川
船頻りに　来往して連なる
櫂の涓も　花与に散る
絶景　譬ふるに縁る無し

○春のうららの隅田川／のぼりくだりの船人が／
櫂のしずくも花と散る／眺めを何にたとうべき

七言絶句（上平八斉韻）

花事所感

櫻○花○爛○漫●墨●江○堤◎
樹●下●兒○曹○宴●可●提◎
只○見●愚○翁○流○水●沫●
榮○時○必●滅●客●心○迷◎

平成二八年四月

花事所感

桜花　爛漫　墨江の堤
樹下の児曹　宴　提(ささ)ぐ可し
只見る　愚翁　流水の沫
栄時　必滅　客心　迷ふ

慈恩寺塔

慈○恩○寺●塔●聳●長○安◎
訪●問●幾○多○未●極●冠◎
屋●上●版●詩○居○易●賞●
何○由○拙●詠●可○雙○欄◎

平成二八年四月

慈恩寺塔　　七言絶句（上平十四寒韻）

慈恩寺の塔　長安に聳ゆ
訪問　幾多　未だ冠を極めず
屋上の版詩　居易　賞す
何に由りてか拙詠　欄に双ぶ可けんや

春夜所感

満●月●光○輝○復●隠●雲◎
春○風○撫●頬●抹●香○薫◎
世●人○何○不●知○斯○景●
多○大●苦●勞○無○及●聞◎

平成二八年四月

春夜所感　七言絶句（上平十二文韻）

満月　光り輝き　復た雲に隠る
春風　頬を撫で　抹香　薫る
世人　何ぞ　斯の景を　知らざらんや
多大の苦労　聞くに及ぶこと無し

伊勢志摩

伊○勢●志●摩○元○首●鳩◎
風○光○明○媚●國●華○樓◎
我●邦○靈○廟●神○宮○近●
世●界●平○和○出●色●謀◎

平成二八年五月

伊勢志摩

伊勢　志摩　元首　鳩まる
風光明媚　国華の楼
我邦の霊廟　神宮　近し
世界の平和　出色の　謀

七言絶句（下平十一尤韻）

躑躅

躑●躅●全○開○赤●白●紅◎
緑●風○經○市●又●亘○叢◎
梅○櫻○候●豈●不●寒○也●
五●月●天○晴○氣●象●雄◎

平成二八年五月

躑躅　　七言絶句（上平一東韻）

躑躅　全開　赤　白　紅
緑風　市を経　又　叢を亘る
梅桜の候　豈　寒からざらんや
五月　天　晴れ　気象　雄たり

賀三涯先生上梓東洋易學思想論攷

七言律詩（下平九青韻）

三涯先生の東洋易学思想論攷を上梓せしを賀す

古●來○德●政●萬●邦○寧◎
儒●教●尊○崇○存○五●經◎
須○識●陰○陽○消○息●妙●
宜○知○八●卦●伏●羲○形◎
漢●時○象●數●重●占○筮●
程●子●易●傳○蘇○考●亭◎
博●引●堪○欣○旁○証●巧●
老●師○論●攷●宿●神○靈◎

古来　徳政　万邦寧し
儒教　尊崇して　五経に存す
須らく識るべし　陰陽消息の妙
宜しく知るべし　八卦　伏羲の形
漢時の象数　占筮を重んじ
程子の易伝　考亭に蘇る
博引　欣ぶに堪へたり　旁証の巧
老師の論攷　神靈を宿す

平成二八年五月

題英國離脱歐州統合

英国の欧州統合を離脱するに題す

七言絶句（上平十三元韻）

離○脱●殘○留○英○國●煩◎
邦○家○價●格●探●根○源◎
平○和○世●界●萬●人○願●
大●國●連○衡○何○俟●論◎

離脱　残留　英国の煩
邦家の価格　根源を探る
平和なる世界は　万人の願
大国の連衡　何ぞ論ずるを俟たん

平成二八年六月

七言絶句（下平六麻韻）

紫陽花

●雨○期○妍●麗●紫○陽◎花
●白●赤○青○黄●緑●紫◎葩
●季●去○華○萎○殘●影●憫
○親○鄰●住●宅●宛○仙◎家

平成二八年六月

紫陽花

雨期　妍麗　紫陽花
色赤　青黄　緑紫の葩
季去り　華萎れ　残影　憫れ
親隣の住宅　宛ら　仙家

丁酉元旦

迎○來○八●十●八●年○春◎
戰●爭●平○和○交○互●循◎
悲○慘●繁○榮○親○體●驗●
老●生○只○禱●太●平○民◎

平成二八年六月

七言絶句（上平十一真韻）

丁酉元旦

迎へ来し　八十八年の春
戦争　平和　交互に循る
悲惨　繁栄　親しく体験
老生　只　祷る　太平の民

七夕

今宵七夕滿天星
織女牽牛年一庭
皎皎迢迢無念愛
盈盈脈脈不能瞑
陸機隱隱嘆橋失
王鑑闐闐想祝亭
古代詩人歌浪漫
爭鬪現在禱安寧

平成二八年七月

七言律詩（下平九青韻）

七夕

今宵　七夕　滿天の星
織女　牽牛　年一の庭
皎々　迢々　無念の愛
盈々　脈々　不能の瞑
陸機　隠々として　橋の失ひしを嘆き
王鑑　闐々として　祝亭を想ふ
古代の詩人　浪漫を歌ひ
争闘の現在　安寧を祷る

○文選……古詩 十九首のうち其十
○陸機……擬迢迢牽牛星　○王鑑……観七夕織女

友人研修

故●人○東○向●發●成○田◎
櫻○下●盛●春○趨○米●邊◎
弧○翼●英○姿○蒼○界●盡●
唯○知○大●海●萬●年○天◎

平成二八年七月

友人研修

七言絶句（下平一先韻）

故人　東に向き　成田を発つ
桜下　盛春　米辺に趨る
弧翼　英姿　蒼界　尽き
唯知る　大海　万年の天

○李白……「黄鶴楼送孟浩然之広陵」を擬す

夏

炎○夏●震●災○相○繼●來◎
人○民○勞○苦●究●悲○哀◎
公○私○援○助●復●興○兆●
見●義●不●爲○無○勇●哉◎

平成二八年七月

夏　　　七言絶句（上平十灰韻）

炎夏　震災　相継いで来る
人民の労苦　悲哀を究む
公私の援助　復興の兆
義を見て　為ざるは　勇　無きなり

祝賀二木先生出版

賢○兄○出●版●入●門○書◎
慮●外●全○容○不●解●如◎
序●跋●通○觀○初○會●得●
愚○生○奮●起●繼●榮○譽◎

平成二八年七月

二木先生の出版を祝賀す　七言絶句（上平六魚韻）

賢兄　出版す　入門書
慮外の全容　解せざるが如し
序跋　通観して　初めて　会得す
愚生　奮起して　栄誉を継がん

雲悠悠

白●雲○過○去●大●空○涯◎
何○處●何○方○人○不●懷◎
晝●夜●悠○悠○游○宇●宙●
餘○生○幾●許●戲●穹○佳◎

平成二八年八月

雲悠々　七言絶句（上平九佳韻）

白雲　過ぎ去る　大空の涯
何処へ　何方から　人　懐はず
昼夜　悠々　宇宙に游ぶ
余生　幾許　穹に戯れるも佳し

獺祭二首

獺●祭●長○州○銘○酒●乎◎
賢○人○薦●我●故○郷○愉◎
芳○醇○端○麗●無○雙○飲●
秋○夜●語●明○忘○老●軀◎

平成二八年八月

其一　　　　　　　　七言絶句（上平七虞韻）

獺祭は　長州の銘酒か
賢人　我に薦む　故郷の愉しみ
芳醇　端麗　無双の飲
秋夜　語り明かし　老躯を忘る

獺祭二首

朋○有●攜○瓢○來○亦●嬉◎
藏○成○獺●祭●好●評○施◎
秋○天○月●下●論○時○飲●
主●客●長○齢○八●十●期◎

平成二八年八月

其二　　七言絶句（上平四支韻）

朋　有り　瓢を携へて来る　亦　嬉し
藏成　獺祭　好評の施し
秋天　月下　時を論じて　飲む
主客　長齢　八十期

寄艦船

●大●小●艦○船○充●港◎灣
○從○軍●運●物●越○難◎艱
○蒼○空○青●海●健○兒●處
●古●老○沈○思●未●得◎閑

平成二八年八月

艦船に寄す

七言絶句（上平十五刪韻）

大小の艦船　港湾に充つ
軍に従ひ　物を運び　難艱を越ゆ
蒼空　青海　健児の処
古老　沈思　未だ　閑を得ず

高校野球

連○日●爭○鬪○甲●子●園◎
球○兒○勇●躍●盡●精○魂◎
行○年○戰●下●不●能○戲●
現●在●平○和○擧●世●尊◎

平成二八年八月

高校野球

七言絶句（上平十三元韻）

連日　争闘　甲子園
球児　勇躍　精魂を尽す
行年　戦下　戯すること能はず
現在の平和　世を挙げて尊し

中秋名月

今○夜●中○秋○名○月●輝◎
周○邊○靜●寂●甲●蟲○微◎
友●人○相○續●入●靈○域●
愚○老●悲○哀○夢○不●飛◎

平成二八年八月

中秋名月

七言絶句（上平五微韻）

今夜　中秋　名月　輝く
周辺　静寂　甲虫　微かなり
友人　相ひ続ぎ　霊域に入る
愚老　悲哀　夢　飛ばず

時論推移

國●家○天○下●丈●夫○心◎
友●集●時○論○夜●毎●沈◎
人○去●期○移○文○物●變●
當○今○建●議●若●君○臨◎

平成二八年八月

時論推移

七言絶句（下平十二侵韻）

国家　天下　丈夫の心
友　集りての　時論　夜毎　沈む
人　去り　期　移り　文物　変る
当今の建議　若さ　君臨

虹二首

豪○雨●落●雷○眞○夏●空◎
悠○然○暑●氣●喚●涼○風◎
眞○如○急●變●靜●閑○景●
蒼○海●天○晴○七●色●虹◎

平成二八年八月

其一　　七言絶句（上平一東韻）

豪雨　落雷　真夏の空
悠然たる　暑気　涼風を喚ぶ
真如　急変　静閑の景
蒼海　天　晴れ　七色の虹

虹二首

七言絶句（上平一東韻）

東○京○灣○口●半●弧○虹◎
片●脚●接●橋○他○續●穹◎
船○舶●蹌○踉○身○護●美●
陽○光○払●雨●景●觀○終◎

平成二八年八月

其二

東京　湾口　半弧の虹
片脚　橋に接し　他は穹に続く
船舶　蹌踉として　身ら　美を護る
陽光　雨を払ひ　景観　終る

五輪

希○臘●五●輪○傳○統●基◎
情○操○競●技●爭●龍○旗◎
古●來○民○族●戰●無○斷●
大●會●交○歡○和○解●姿◎

平成二八年八月

五輪　　　　七言絶句（下平四支韻）

希臘は　五輪の　伝統の基
情操　競技　竜旗を争ふ
古来　民族　戦　断ゆること無し
大会の交歓　和解の姿

百日紅　　七言絶句（上平一東韻）

盛●夏●全○開○百●日●紅◎
身○肌○滑●澤●落●猿○叢◎
白●朱○花○總●本●邦○美●
詩○想●充○沾○對●綠●風◎

平成二八年八月

百日紅

盛夏　全開　百日紅
身肌　滑沢　猿　叢に落つ
白　朱の花総　本邦の美
詩想　充沾　緑風に対す

山吹花

江○戸●城○邊○塗○霧●霞◎
鄕○人○狩●獵●認●民○家◎
家○君○喋●賴●雨●蓑○笠●
少●女●默●標○黄○色●花◎
部●下●善●教○過○諺●意●
頭○魁○恥●學●古●歌○華◎
天○晴○地●潤●武●藏○野●
咲●亂●山○吹○優○雅●誇◎

平成二八年八月

山吹花

七言律詩（下平六麻韻）

江戸城辺　霧霞に塗れ
鄕人　狩猟し　民家を認む
家君　喋り頼む　雨の蓑笠
少女　黙し標す　黄色の花
部下　善く　過諺の意を教え
頭魁　恥じて　古歌の華を学ぶ
天　晴れ　地　潤ふ　武蔵野
咲き乱るる山吹　優雅の誇り

敗戰回顧

七●十●一●年○邦○敗●遙◎
當○時○居●住●一●高○寮◎
先○賢○軍●應●赴●兵○舍●
後●輩●文○從○守●校●標◎
空○襲●豪○強○家○族●別●
鬪○爭○敗●滅●友●屍○寥◎
平○和○憲●法●護●持○否●
老●體●深○沈○思○寂●蕭◎

平成二八年八月

敗戦回顧　　七言律詩（下平二蕭韻）

七十一年　邦　敗れて　遥かなり
当時　居住す　一高の寮
先賢　軍に応じて　兵舎に赴き
後輩　文に従ひて　校標を守る
空襲　豪強　家族　別れ
闘争　敗滅　友の屍　寥し
平和憲法　護持や　否や
老体　深沈　思ひ　寂蕭

想八月十五日

敗●戰●由○來○七●十●年◎
往●時○悲○慘●卽●今○鮮◎
家○燒○住●野●道●邊○寢●
食●乏●漁○叢○空○腹●眠◎
原○爆●冒●投○安○藝●地●
米●軍○留○駐●我●山○川◎
國●民○團○結●盡●繁○盛●
現●在●平○和○世●界●先◎

平成二八年八月

八月十五日を想ふ

七言律詩（下平一先韻）

敗戦　由来　七十年
往時の悲惨　即今も鮮かなり
家　焼かれ　野に住み　道辺に寝る
食　乏しく　叢に漁し　空腹で眠る
原爆　冒投す　安芸の地
米軍　留駐す　我が山川
国民　団結し　繁盛に尽す
現在の平和　世界に先んず

颱風

颱○風○七●號●襲●關○東◎
豪○雨●大●波○人○困●窮◎
平○素●用●心○皆○不●怠●
一●過○天○霽●接●秋○空◎

平成二八年八月

颱風　　七言絶句（上平一東韻）

颱風　七号　関東を襲ふ
豪雨　大波　人　困窮
平素　用心　皆　怠らず
一過　天　霽れ　秋空に接す

灣岸地域

東○西○南○北●總●知○名◎
次●會●五●輪○開○展●榮◎
施○設●萬●端○追○順●整●
都○心○側●近●悉●多○情◎

平成二八年八月

湾岸地域　　七言絶句（下平十二侵韻）

東西南北　総て　知名
次会の　五輪　開展の栄
施設　万端　順を追って　整ふ
都心　側近　悉く　多情

二九年賀状案

八●十●八●齢○迎○壽●春◎
天○晴○人○富●物●皆○新◎
子●孫○勇●健●所●期○大●
2×0×1×7×希○望●晨◎

平成二八年九月

二九年賀状案

七言絶句（上平十一真韻）

八十八齢　寿春を迎ふ
天　晴れ　人　富み　物　皆　新し
子孫　勇健　期する所　大なり
2017　希望の晨

吉野川

名○曲●歌○舞○吉●野●川◎
沙○翁○悲○劇●與●雙○肩◎
嫡●男○剛○毅●殉●親○死●
雛○鳥●美●型○從○母●憐◎
足●下●紛○争○疎○兩●舍●
大●臣○邪○惡●阻●良○縁◎
悲○哀○切●切●詩○文○飾●
純●愛●連○連○後●世●傳◎

平成二八年九月

吉野川

七言律詩（下平一先韻）

名曲　歌舞　吉野川
沙翁の悲劇　与に双肩
嫡男　剛毅にして　親に殉じて死し
雛鳥　美型にして　母に従ひて憐れ
足下の紛争　両舎を疎んじ
大臣の邪悪　良縁を阻む
悲哀　切々　詩文　飾り
純愛　連々　後世に伝ふ

横中三四會

横○中○卒●業●幾●春○秋◎
佳○日●同○窗○集●酒●樓◎
遠●望●鍛●身○先○師●訓●
根○元○反●始●紀●恩○丘◎
當○時○好●漢●頑○強○富●
現●在●老●人○齡○弱●憂◎
災○害●戰●爭○全○體●驗●
兒○孫○繼●志●復●何○求◎

平成二八年九月

横中三四会　　七言律詩（下平十一尤韻）

横中卒業　幾春秋
佳日　同窓　酒楼に集る
遠くを望み身を鍛ふ　先師の訓
根元　反始　紀恩が丘
当時の好漢　頑強に富み
現在の老人　齢弱の憂ひ
災害　戦争　全て体験
児孫　志を継ぐ　復た何を求めん

有樂町

殷賑繁華有樂町
○●○○●●◎

異邦名店數料亭
●○○●●○◎

戰時荒廢君知否
●○○●○○●

現代青年再會庭
●●○○●●◎

平成二八年十一月

有楽町　　七言絶句（下平九青韻）

殷賑　繁華　有楽町

異邦の名店　数料亭

戦時の荒廃　君　知るや否や

現代の青年　再会の庭

歳末所感

寒○風○吹○斷●歳●將○終◎
世●相●繁○忙○人○厄●窮◎
遺○老●獨●吟○占○次●代●
繁○榮○無○慮●若●年○功◎

平成二八年十二月

歳末所感　七言絶句（上平一東韻）

寒風　吹断　歳　将に終らんとす
世相　繁忙　人　厄窮
遺老　独吟して　次代を占ふ
繁栄　無慮　若年の功

豐洲新市場

都●民●注○目○現●豐●洲◎
生●類○市○場●移●轉○憂◎
國○策○五○輪●加○是○躁●
願○萬●人○喜○得○點●頭◎

平成二八年十二月

豊洲新市場　七言絶句（下平十一尤韻）

都民　注目　現豊洲
生類　市場　移転の憂
国策　五輪　是に加へて　躁なり
願はくは　万人　喜んで　点頭を得んことを

白帆競争

多○數●白●帆○充○海●洋◎
順●風○爽○快●突●空○檣◎
青○年○決●起●競●神○速●
協●力●全○開○却●老●光◎

平成二八年十二月

白帆競争　七言絶句（下平七陽韻）

多数の白帆　海洋に充つ
順風　爽快　空を突く　檣
青年　決起して　神速を競ふ
協力　全開　却老の光

新年初日

東○方○海●上●日●將○登◎
春○曉●榮○光○生○氣●澄◎
躍●進●新○年○芳○紀●曙●
西○邊○聖●嶺●白●銀○稜◎

平成二九年一月

新年初日　七言絶句（下平十蒸韻）

東方の海上　日　将に登らんとす
春暁の栄光　生気　澄む
躍進の新年　芳紀の曙
西辺の聖嶺　白銀の稜

立春

本●日●立●春○溫○氣●充◎
庭○前○梅○木●蕾●良○豐◎
兒○童○受●驗●今○酣○戰●
人○生●初○心○祈○大●功◎

平成二九年二月

立春　　七言絶句（上平一東韻）

本日　立春　温気　充つ
庭前の梅木　蕾　良　豊かなり
児童の受験　今　酣戦
人生の初心　大功を祈る

我邦文藝

我●邦○文○藝●富●風○姿◎
書○本●幾○多○現●在●遺◎
民○戸●望○煙○仁○德●帝●
採●光○祥○述●赤●人○詞◎
愛●情○明○徹●小●町○戀●
優○美●香○華○式●部●詩◎
傳●統●繼●承○長○世●紀●
近●來○浮○薄●不●堪○悲◎

平成二九年二月

我邦の文芸　　七言律詩（上平四支韻）

我邦の文芸　風姿に富む
書本　幾多　現在に遺る
民戸　望煙　仁徳の帝
採光　祥述　赤人の詞
愛情　明徹　小町の恋
優美　香華　式部の詩
伝統の継承　長世紀
近来の浮薄　悲しみに堪へず

五言絶句（下平一先韻）

認經傳

半●月●上●東○天◎
清○閑○萬●物●眠◎
老●翁○孤○對●机●
沈●考●認●經○傳◎

平成二九年二月

経伝を認む

半月　東天に上る
清閑　万物眠る
老翁　孤り　机に対す
沈考　経伝を認む

樂閑居

五言絶句（上平六魚韻）

明○月●照●茅○廬◎
老●孤○繙○古●書◎
高○齡○無○雜●用●
終○生●樂●閑○居◎

平成二九年二月

閑居を楽む

明月　茅廬を照らす
老孤り　古書を繙く
高齢　雑用無し
終生　閑居を楽む

喪妻三十年

五言絶句（下平一先韻）

喪●妻○三○十●年◎
獨●育●二●兒○全◎
家○事●工○夫○内●
玄○翁○及●列●仙◎

喪妻三十年

喪妻　三十年
独り　二児を育てて　全うし
家事　工夫の内
玄翁　列仙に及ぶ

平成二九年三月

五言絶句（上平四支韻）

春暖

春○霞○掩●海●移◎
暖●氣●束●邊○遺◎
櫻○樹●蕾●開○所●
人○間○躍○動●時◎

平成二九年三月

春暖

春霞　海を掩ひて　移る
暖気　辺を束ねて　遺る
桜樹　蕾　開く所
人間　躍動の時

伊賀越中雙六

國●立●劇●場○何○十●年◎
懐○思○公○演●遠●征○傳◎
中○村○一●族●老●身○藝●
內●裏●幾○多○若●者●妍◎
複●雜●憂○難○封○建●靡●
鮮○明○清●朗●自●由○縁◎
民○衆○恍●惚●樂●舞○曲●
協●力●衷○心○護●祕●編◎

平成二九年三月

七言律詩（下平一先韻）

伊賀越中双六

国立劇場　何十年
懐思公演　遠征伝
中村一族　老身の芸
内裏幾多　若者の妍
複雑憂難　封建の掟
鮮明清朗　自由の縁
民衆恍惚　楽舞の曲
協力衷心　秘編を護る

七言律詩（上平六魚韻）

灣岸獨樂

江○戸●城○頭○灣○岸●廬◎
東○雲○郊○外●我●閑○居◎
朝○陽○突●出●安○房○嶺●
夕●日●消○沈○富●士●裾◎
往●昔●歌○人○殘○素●位●
當○今○識●者●刻●朱○書◎
悠○然○歷●史●沒●空○際●
民○族●興○亡○超○自●如◎

平成二九年四月

湾岸独楽

江戸城頭　湾岸の廬
東雲　郊外　我が閑居
朝陽　突出す　安房の嶺
夕日　消沈す　富士の裾
往昔　歌人　素位を残し
当今　識者　朱書を刻す
悠然たる歴史は　空際に没し
民族の興亡は　自如を超ゆ

反魂香

近●松○名○作●反●魂○香◎
役●者●健●闘○望○外●慶◎
吃●又●本●懐○榮○貫●石●
吾○邦○藝●道●萬●年○觴◎

平成二九年四月

反魂香　　七言絶句（下平七陽韻）

近松の名作　反魂香
役者　健闘　望外の慶
吃又の本懐　石を貫いて　栄ゆ
吾邦の芸道　万年の觴

檜製淨机

○○●●●○◎
愚生九十順崇文

●●●○○●◎
檜製淨机吾過分

●●○○○●●
清郁芳香漂自室

●○○●●○◎
氣分輕快望祥雲

平成二九年四月

檜製浄机　　七言絶句（上平十二文韻）

愚生　九十　崇文に順ふ

檜製の浄机　吾に　分を過ぐ

清郁なる芳香　自ら　室に漂ひ

気分　軽快　祥雲を望む

七言絶句（下平七陽韻）

草原

草●原○山○野●我●家○郷◎
一●面●緑●青○兄○弟●床◎
牛○馬●育●成○天○與●職●
自●然○同○道●祖●先○常◎

平成二九年四月

草原

草原　山野　我が家の郷
一面の緑青　兄弟の床
牛馬の育成　天与の職
自然との同道　祖先の常

日中詩句

中○日●古●來○名○詠●多◎
唐○詩○雅●樂●富●溫○和◎
藤○姫○小●町●平○安○妃●
李●白●杜●陵○唐○代●峩◎
三○十●一●文○邦○土●唄●
多○行○七●字●比●鄰○哦◎
森○羅○萬●象●盡●吟○了●
彼●我●藝●園○相○憶●多◎

平成二九年五月

日中の詩句

七言律詩（下平五歌韻）

中日　古来　名詠　多し
唐詩　雅楽　温和に富む
藤姫　小町は　平安の妃
李白　杜陵は　唐代の峩
三十一文は　邦土の唄
多行七字は　比隣の哦
森羅万象　尽く　吟了
彼我の芸園　相ひ憶すこと多し

上海入港

朝○陽○燦●燦●欲●將○登◎
細●月●陰○陰○西○滅●灯◎
上●海●港●前○佳○日●景●
鄰○邦○發●展●盛●觀○徵◎

平成二九年九月

上海入港　　七言絶句（下平十蒸韻）

朝陽　燦々　将に登らんと欲し
細月　陰々　西に灯りを滅す
上海港前　佳日の景
隣邦の発展　盛観の徵

船旅 (一)

東○京○上●海●以●船○行◎
島●影●遠●望○南○海●瀛◎
中○國●近●時○恢○版●土●
平○和○願●望●萬●民○情◎

平成二九年九月

船旅 (一)　七言絶句（下平八庚韻）

東京　上海　船を以って行く
島影　遠望　南海の瀛
中国　近時　版土を恢ぐ
平和の願望　万民の情

船旅　㈡

豪○華○船○舶●太●平○洋◎
多○數●旅●人○來○遠●方◎
世●界●交○流○如○此●始●
平○和○生○活●運●希○望◎

平成二九年九月

船旅　㈡

七言絶句（下平七陽韻）

豪華船舶　太平洋
多数の旅人　遠方より来る
世界の交流　此の如くして始る
平和の生活　希望を運ぶ

偶感二首

海

廣●大●無○邊○海●
衝○天○濁●浪●荒◎
古●人○侵○暴●行●
萬●國●互●榮○檣◎

平成二九年九月

海

広大　無辺の海
衝天　濁浪　荒る
古人　暴を侵して行く
万国　互栄の檣

五言絶句（下平七陽韻）

五言絶句（下平四豪韻）

夾竹桃

敗●戰●市●街○彩●
眞○紅○夾●竹●桃◎
虛○無○根○絕●間●
熟●慮●客●思○曹◎

平成二九年九月

夾竹桃

敗戦の市街　彩る
真紅の夾竹桃
虚無　根絶の間
熟慮　客思の曹

老師急變

恩○師○講●學●選●唐○詩◎
論○旨●明○誠○敏●勇●姿◎
激●變●體●調○參○救●急●
希○公○養●生○展●佳○期◎

平成二九年九月

七言絶句（上平四支韻）

老師急変

恩師　講学して　唐詩を選ぶ
論旨　明誠　敏たり勇姿
激変す　体調　救急に参（あず）かる
こいねがふ　公（きみ）　養生して佳期を展げよ

靈驗龜山鉾

南○北●高○名○仇○討●鉾◎
劇●場○全○席●國●廷○秋◎
人○情○肅●肅●女●流○業●
武●意●綿○綿○男○性●猷◎
明○石●葬●庭○卑○行●所●
龜○山○祭●處●本●望○丘◎
滿●員○觀○客●盛●名○醉●
敵●役●謀○圖○舊●世●憂◎

平成二九年一〇月

七言律詩（下平十一尤韻）

霊験亀山鉾

南北　高名なり　仇討鉾
劇場　全席　国廷の秋
人情　粛々　女流の業
武意　綿々　男性の猷（はかりごと）
明石の葬庭　卑行の所
亀山の祭処　本望の丘
満員の観客　盛名に酔ひ
敵役の謀図　旧世の憂

○平成二九年度文化庁芸術祭主催　国立劇場大劇場公演
四世鶴屋南北原作　通し狂言　霊験亀山鉾　主演　片岡仁左衛門

七言律詩（下平十三覃韻）

御輕勘平

●御●輕○勘○平○悲●戀◎譚
○忠○臣●藏●內●飾○搖◎籃
●銃○彈○單●發○當○懦●獸
●白●刄●數○振●抵●老◎男
○貞●女●賣○身○殲●係●累
○浪○夫●切●腹●得○新◎參
●本○邦○風●習●產○悲●劇
●古●典○初○心●彩●草◎庵

平成二九年一一月

お軽勘平

お軽　勘平　悲恋の譚
忠臣蔵内　揺籃を飾る
銃弾　単発　懦獣に当り
白刃　数振　老男に抵す
貞女　身を売って　係累に殲し
浪夫　腹を切って　新参を得る
本邦の風習　悲劇を産む
古典の初心　草庵を彩る

〇平成二九年一一月歌舞伎座公演
仮名手本忠臣蔵　五～六段目　主演　片岡仁左衛門

作者略歴

昭和　三年一二月　神奈川県横須賀市で出生
昭和一〇年　四月　横須賀市立鶴久保小学校入学
昭和一六年　四月　神奈川県立横須賀中学校入学
昭和二〇年　四月　第一高等学校（旧制）文科入学
昭和二五年　四月　東京大学法学部法律学科入学
昭和二七年一〇月　司法試験合格
昭和二八年　四月　日本勧業銀行（後の第一勧業銀行、現みずほ銀行）入行、支店長・部長・子会社役員等
平成　五年一二月　定年退職
平成　六年　四月　司法修習生
平成　八年　四月　弁護士登録、岡村綜合法律事務所入所
平成　八年　五月　日本倶楽部入会、濱　久雄先生に師事
平成二二年一二月　岡村綜合法律事務所退所、自宅を事務所とする

作者住所

自宅
〒一三五－〇〇六二　東京都江東区東雲一－九－四一－四二〇八
TEL&FAX　〇三－五九四二－六六八八

事務所移転の御案内

いつも小社の図書を御愛読頂き有り難うございます。
今般左の通り事務所を移転しました。

移転先

〒167—0052 東京都杉並区南荻窪一—二五—三

電話 〇三—三三三三—六二四七
FAX 〇三—三二四七—四一三四
振替 〇〇一九〇—七—五八六三四

最寄駅 JR中央線 荻窪駅
荻窪駅南口より関東バス荻51 53 58

メールアドレス：info@meitokushuppan.co.jp

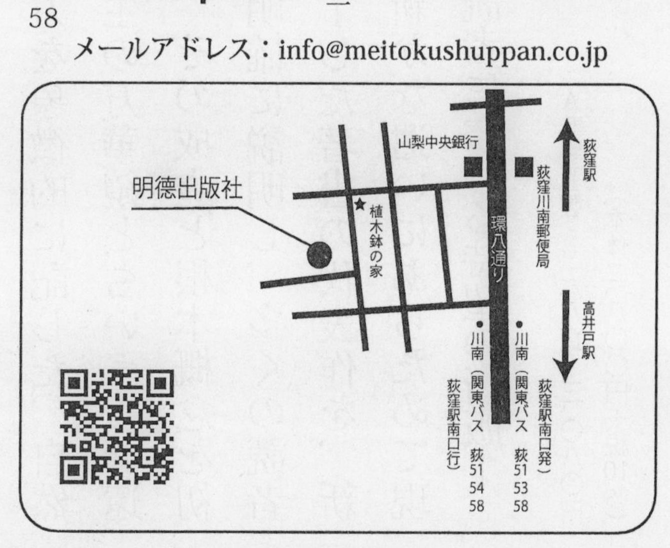

ISBN978-4-89619-746-4

続々　呆堂漢詩集

二〇一七年一二月一八日　初版印刷
二〇一七年一二月二四日　初版発行

著　者　土川泰信
発行者　小林眞智子
印刷所　㈱興学社
発行所　㈱明徳出版社

〒162-0801東京都新宿区山吹町三五三
（本社・東京都杉並区南荻窪一－二五－三）
電話　〇三－三二六六－〇四〇一
振替　〇〇一九〇－七－五八六三四